歌集

交野原

橋本俶子

現代短歌社

目次

I

交野原

I

乾草の香

朝霧の晴れゆきたれば広き野に風力発電機一基のまわる

冷房の故障せるバスの天窓ゆ乾草の濃き香は流れ入る

爆弾に破壊つくされしハノーファの駅前広場の夜のひかり乏し

アウシュビッツからアンネはいかに運ばれしベルゼンへの道エリカ咲く道

収容所の蛇口の水は冷たかり流し流せど濁りたるまま

道に描きし鼠の足跡辿りつつ一日歩みきハーメルンの路地を

痩せたるも太れるもみなゆったりと大地踏みゆくドイツのおみな

普通の人

誰も居ぬ停車場に来て誰も降ろさずバス発ちゆけり夜明けワルシャワ

キュリー夫人の小さき木製のロザリオに赤きひとひらゼラニウム載る

ユダヤ人を殺しし〈普通の人〉多し〈普通の人〉なるわれ立ちつくす

ショーウインドーに溢るる捲毛白く褪す死して刈られて六十年経し

もう秋が来ている八月のクラクフを肩露《あらわ》なる若者ら行く

ヴィスワ川ほとりの泉に湧く水を人は並びてつつましく汲む

柳蘭咲きて絮毛となるまでをスロヴァキア近き一茎に見つ

夜もすがらジェット機の窓に見つめたり北斗星遥かに立ち上がるさま

プラハの雨

ブダペスト十七世紀のレストラン鎧戸の外を花馬車よぎる

オリエント模様の屋根持つ教会に青海波のごとき石畳踏む

一面のとうもろこしは黄に揺れてオーストリアの国境近し

国境を越えて入りたる夕闇のチェコの農家に鶏走る

野の果てまで耕す畑の片隅に井戸一つありチェコは夕映え

菩提樹を濡らし小さき敷石を濡らしてプラハの雨はセザンヌ

ドン・ジョバンニのマリオネットを操れる若者の手の白くたくまし

城壁の青き扉の小さき部屋大戦をカフカ生きしのぎたり

解放後のチェコの暮らしを尋ぬればガイドのデンカさん長く黙しぬ

おみやげのドイツワインはインド洋めぐりて寒露の季節に届く

ドナウ河夜のくさり橋渡るとき始まりし咳ひと月去らず

ゲルニカ

はるばると来しスペインのマドリッドここに「ゲルニカ」に逢いしおののき

仰向きて倒れし男の握りたる刃に咲ける一茎の花

殺されし子を抱きしめて哭く母の天に向きたる大きてのひら

コルドバは静かなる街白き壁赤き煉瓦にパンパス揺るる

小鳥一羽ポプラの枝に飛び上がる動くもののなきアンダルシアを

麓の夢

ミラノ発つ朝のつかの間駆けまわり須賀敦子さんの旧居を探す

探しあぐね道路掃除夫にジェスチャーで尋ね着きたり君の旧居に

最後の晩餐

市民らが土嚢築きて空爆より守りし絵に射すほのかな光

受胎告知

フラアンジェリコ天使の羽はひっそりと僧院の壁の薄明の中

トスカーナ糸杉の道を辿りきて花豊かなるルッカに着きぬ

アルプスに近きトリノの美術館ピエタのマリアの頬赤かりき

マッターホルンの麓の夢を貫きし世界貿易センタービルの崩落

大楠の梢を焦がす夕茜今宵アフガンに空襲あるな

羊雲

銀漢のなだるるかなたオリオンの弓引きしぼるゴビの野に立つ

土煙たちまち騎馬の若者らあらわれ泉に水を汲むなり

包《ゲル》の扉を開けばほのかに流れ入る野を渡りこしミントの香り

晩夏の槐の下にいと小さき桃求めたり北京郊外

関東軍行軍をせし道の辺にコスモス植える果てしなきまで

中国に初めて訪ね来しことをこの地に兵たりし叔父に告げえず

できるだけ単純な語でもの言わんゴビより帰りて仰ぐ羊雲

タプコル公園

果てしなくかがやきて早稲みのる野に強制連行の幻を見る

三・一運動発火せしタプコル公園に黙せる人らの視線痛しも

日本軍に二十九名が焼かれたる堤岩里教会に雨降りそそぐ

「かくせないことです」日本の大臣の重なる放言を牧師は悲しむ

五十年北に帰れぬ金光林氏のハングルで聞く「離散家族」の詩

やわらかく湿りていたり白髪の金光林氏の大きてのひら

尹東柱《ユンドンジュ》

同志社チャペルに紅梅白梅はや開き　詩人尹東柱七十周忌

逮えられ獄中に逝きぬハングルで詩を書きしのみに　二十九歳

尹東柱・鄭《チョン》芝《ジ》溶《ヨン》の詩碑読みおれば巨き松かさ音立てて落つ

尹東柱の詩碑に添う樹にはしぶとの一羽動かず式果つるまで

萌黄

正倉院展

頬杖をつき多聞天を見上げおり千三百年踏まれこし邪鬼は

蹄二つ己が足裏に突き立てて邪鬼は耐えおり広目天の怒りに

「高き頰に黒子《ほくろ》二つ」と記したり東大寺逃亡の奴婢を追う書《ふみ》

月光菩薩彩色落ちて袖口に一筋細き萌黄したたる

靴の紐

近江路

広き田は端から黒く息づけり迸り入る春の玉水

桃の花今開かんとする笑まい石動寺本尊釈迦如来像

漬物の蓋となされていしという丸き板裏の釈迦三尊像

靴の紐結びておれば瀬の鳴ると聞こえて梢を風わたりゆく

尾瀬

明日越える峠を思い眠られぬ長蔵小屋の廊下は長し

木道に頬くっつけて友と嗅ぐ水芭蕉ほのかに匂い持ちたり

残雪の白砂峠にたちすくむわれにピッケル譲りくれし友

命がけで車道化阻みし人を思う石ころ道のたむしばの花

みねざくらかすかに照らし六月の夕陽至仏《しぶつ》山に入りてゆくなり

鎌倉

円覚寺雲南萩の紅き道登りて詣ず坂本弁護士の墓

凍る星座

摩周湖は朝の光に静もりてダイヤモンドダスト青空に舞う

蝦夷鼬・蝦夷鹿・蝦夷松・蝦夷唐檜アイヌの歴史に触るる人なし

翼張り天下りこし丹頂の脚軽やかに雪原に立つ

知床に宿りしたるに国後も凍る星座も見ず帰り来ぬ

蜆

斜陽館

小作争議に備えし高さ四メートルの塀は太宰の鋭き痛み

冷蔵庫に蜆はひっそり吐きつづく津軽十三湖の真黒き砂を

近藤芳美展

北上市目抜き通りと訪ねこし青柳町の夜の暗さよ

改装中の札掲げあり魚料理「巓升郭」を尋ね当つれば

花巻駅近き祠の隅に立つ爆撃の碑昭和二十年八月十日の

「一すじ」に文明が「ぢ」と朱を入れし近藤芳美の若き文字見つ

「近藤芳美を偲ぶ会」より帰り来て雨に重たき靴の紐解く

Ⅱ

帰郷

広島県上下町

枯れ枝に柿の実あまた輝ける峡に入り来てふるさと近し

ディーゼル車遅れて着きぬ運転手落葉掃きつつ峡のぼり来て

ふるさとの門の敷居に蹲踞して殿様蛙はわれを迎えぬ

谷深きふるさとの冬は明けがたし呆けし母よいつまでも眠れ

雪積む夜実家《さと》へ帰れと責めらるる母を見つめき炬燵のかげに

祖母と母の顔色見くらべ育ちたり長女なるわれは内に籠りて

わが父は幼子のごとく純真で幼子のごとく頼りなかりき

祖母と母のいさかい横目に何もせざりし父にもっとも似ておりわれは

「売り物には紅を差せよ」と諭したる祖母《おおはは》よわれは装わずなりき

祖母のようには母のようには生きまいとひそかに決めたりわが少女期に

「これからが私の青春じゃ」父逝きしその夜母は言い放ちたり

春雨にエナガは鳴かず母覚めず庇の下に草を引くなり

母を置きてわが帰る日は大屋根に黄鶺鴒ひねもす囀りいたり

コリコリと栗の甘皮こそげとる母もまろき脊曲げて剝くらん

教壇の日々

立春の朝の授業は少女らとまず「早春賦」歌いてはじむ

綿虫の透きて青きをいぶかしみ生徒《こ》らと追いたり枯芝の野に

見まわれば中学生ら受験票の写真よりみな幼く細し

合格を得ぬままあまた卒えしめつ夜半春雷のとどろきわたる

＊

寂しきときさびしき生徒が寄りてきてささくれしわが指先を撫ず

早く逝きし君のあわれもわが悔いも断ち切りて九月の教室へ急ぐ

沖縄修学旅行

行けど行けど鉄条網は果つるなしハイビスカスの道路はさみて

暖かき芝生広がりその地下に核兵器あまた息づくという

「戦った少女はあなたかも知れぬ」二十歳のガイドの声はふるえる

一面に銀の穂揺れるきび畑南部戦跡をわれらのバス行く

「日本人がこんな悪いことしたのか」と韓国人碑を生徒ら去らず

京都部隊全滅のガマよりパパイヤは細く伸びたり光求めて

エメラルドグリーンの苦瓜《ゴーヤ》のキーホルダー潮風のような少女が呉れぬ

紫のやはずかずらが目に染みて仰げば青き南国の空

アイリスの花

病む夫の夜通し取りし痰のティッシュ雪のごとくに朝は散らばう

長きながきスロープの果てのコバルト室へ降りゆく夫の孤独を思う

「先のことは考えず病と戦う」と書き終えてふところみあぐるもの

病室を一筋によぎる飛行機雲薄れゆく間に熱は出でたり

奇跡あることのみ願いて夫を看るわれを明るしと友らは褒むる

その命絶えんとするにかたわらのわれの朝餉を問いし君はも

強いられて飲み込みはじめしメロンパンそのなかばにて君は逝きたり

*

アイリスの花持ち見舞いたまいけり君に心の傾きし日よ

木瓜一枝

夫の本積み出す弥生の空晴れて「喜んではります」と古書店主言う

三十センチの高さに積める辞書用の原稿用紙を夫は遺しぬ

埋むべきあまたの枡目白きまま残して若く夫は逝きたり

手放して広くなりたる夫の書架木瓜一枝を机に挿しぬ

鯨

文月六日孫の大輝は生まれたり鯨のような雲光る午後

「はらぺこ」が言えなくて「はぺこ」と言っていた。
『はぺこあおむし』好きな大ちゃんにばあちゃんが虫潰すことは内緒にしよう

「はしもとさーん」おかっぱ揺らし独り居のわれを訪いくる三歳の友

香里団地保育所

保育所は昼寝の時間とりどりの三輪車の上秋の陽光る

暗闇に灯はあかあかとかがやけり師走保育所午後六時半

保育所に育ちし子らのふるさとの点景としてわれ老いゆかん

*

悼　諸田達男氏

けやき通り緑の雫したたれるこのふるさとに君ははや無く

一九六二年雪の日はじめて君に会う乳児保育所作らんとして

われらみなまだ若かりき夜更けまでつづく会議に亡き夫も居き

どんな時も穏やかな君が語気鋭く市長に迫りき保育所作れと

逝きし友の柩は旗に覆われぬ君の一生を貫きし色

命絶ゆる三日前君が口述の「府政報告六月号」とどく

篁の辺に横長き友の墓馬鈴薯の花の紫高し

『チボー家の人々』

若きわれが古書店めぐりて集めたる十一巻本『チボー家の人々』

伏せ字多き『チボー家の人々』その奥を思いて若き胸高鳴りき

「美しき季節」の九章二十七ページ分すべて削られ「九」の一字あり

「自分を信じろ　他から悪いと言われても」ジャックの言葉を抱き生きたり

＊

ま新しき一冊のあり引きこもる孫のくれたる『チボー家のジャック』

四月から初めて専業主婦になる六十二歳の春はあけぼの

弟逝く

夕暮れの故郷へ向かう青空に雪舞い初めぬ灰降るごとく

きさらぎの尽日の午後の病室に弟の寝息細く安けし

自恃強く癌との戦い続けこし弟は声も奪われている

しみじみと語るなかりし弟とふるさとの病室に冬を籠れる

何が起きても不思議ではない弟の病状を明るく妹に告ぐ

弟にはや失われたる音なれば響かぬようにうがいをなしぬ

弟は白き踵見せ眠りおり血塊あまた吐きたるのちを

われはいま棘逆立てている獣新幹線の夜の座席に

弟の喪に急ぐ車中折箱のふたの米粒拾いつつ泣く

みぞれ降る夜

三十年前の夫への弔電を一枚ずつ燃す白菊のもと

不器用な父と器用な夫ありきともに魚をきれいに食べき

不器用な父なりきその齢越え生きて父よりやや器用なり

紅梅にみぞれ降る夜は亡き夫もわれもいとしく胸抱きて眠る

Ⅲ

平和の形

清水寺に核兵器禁止を呼びかける署名にじませ風花の散る

手の震え詫びつつ署名下されし一人《いちにん》の文字に込み上ぐるもの

メルシー・ダンケ・カムサハムニダ・ありがとう　核禁止署名に答えてくれて

鋭角を重ねて平和の鶴を折る平和は鋭き形かもしれぬ

阪神淡路大震災

種播きて育てしビオラの咲き出でし夜明け地震い神戸崩るる

果てしなく広がる白き放射雲　空よ炎の神戸を見たか

まる一日震災のテレビに泣きし友が初めて語りぬ被爆せし日を

「知らず知らず壊れんものを捜しとった　空だけやった」と被災の息子

三十万人避難所暮らしの続く日々風雪注意報きのうも今日も

被災して三人欠けたる短歌会今日の互評は率直なりき

半壊の軒下に弁当とるわれに熱き茶すすむる君は被災者

若い人を見直したよと語るとき被災の叔父の瞳明るし

福知山線脱線事故

一瞬に奪われし命百七人　百七人みなわれより若し

事故車輌と同型車輌の走り過ぐ千羽鶴垂るるマンションの辺を

エントツ山九条の会

時折は風が背中を撫でてゆくけやき葉陰にビラ手渡せば

苔青きけやきの幹に杖あずけ「九条の会」のビラ渡しゆく

夾竹桃揺るるわが町陸軍の爆弾工場でありしわが町

七月号ともに配りし五日後に奥本事務局長逝きたまいたり

戦争体験いつも誰かが語り出す「九条の会」のビラ手渡せば

「九条の会」のビラ受け取りし男性が黙ってキャンデー一つくれたり

自転車で信号待ちするジャージーの少女ほほえみビラ取りくれぬ

*

大寒の星なき夜を出でていく「九条の会」の編集会議へ

山茶花は天鵞絨のごと咲きてあり妻を看取れる友の垣根に

メルトダウン

「メルトダウン」の言葉知らざりき「最も危険」と明記したるは『大辞林』のみ

「メルトダウンが起きた」とすぐに指摘せし若き主婦なる友を敬う

「原子力平和利用」を信じいき「聖戦」にだまされし悔い深きわれが

再びは終結の時をあやまたじ太平洋戦争・原子力発電

小高賢逝きて二年きさらぎの原発再稼働を阻み得ざりき

小浜

若狭湾沿岸占むる五市八町「原発」拒むは小浜市のみと

断食して「原発阻止」を訴えし住職と語る雨の師走に

路地の果てはるかに波の音のして若狭の浜に潮打ち寄する

連子鯛真鯛甘鯛うちならぶ昭寿丸日吉丸船の名掲げ

対向車一台もなし長きながき食見《しきみ》トンネル霧雨のなか

昔びと「潮干に見えぬ」と詠いたる沖の小石に虹のかかれる

先を急ぐ旅にあらねば三方なる五つの湖の霧にたたずむ

標識はみな京を指すすすきはら花折《はなおれ》峠をくだりてゆけば

病室の冬

ただ立っていただけなのにぶつかられ脊椎ひとつ折れてしまいぬ

どの部屋にも誰かが寝ている病院のまひるの明るい静けさに居る

単純に治癒のみ願い単純に寝ているのみの日々の清しも

ひとりひとりに「七草は好きか」と尋ねおりのっぽの若き栄養士君が

壁紙がワインレッドに燃えゆきて安静のひとひ暮れゆかんとす

あかねさす昼はしゃべりてぬばたまの夜は痛みに打ち沈みおり

女学校で覚えし「忠度《ただのり》都落ち」誦えていたり眠られぬ夜を

いかに語らん活劇風にかシリアスにかわがぶつかられしあの夜のこと

「新鮮な圧迫骨折を認める」と診断書にあり「新鮮」うれし

ほつほつと今年の遅き梅灯りわが胸椎のゆっくりと癒ゆ

台風十八号

台風に避難させし鉢玄関に溢れてふいに花屋の賑わい

台風に籠りておればベル鳴りてお隣さんからおでんが届く

台風の夜の流しに飛び込める小さきちいさきこおろぎひとつ

夜の更けを高く鳴きいし秋の虫お前だったか小さきこおろぎ

デモのはしに連なる

円山音楽堂埋むるわれら　SEALDs《シールズ》の若きら語るを息詰めて聴く

スピーチは弁護士・学生・ママ・僧侶　自分の言葉で静かに話す

「集団的自衛権反対」と声あぐる四列の行進果てしもあらず

先頭は河原町の角曲がりたり旗旗旗なお八坂社のなか

祇園町行けば白衣の板前さん飛び出して手をたたいてくれる

フランスデモ四条通に広がりき　夫と手つなぎしは六十年安保

この法案通してならじと固く誓い杖つきてデモのはしに連なる

福島へ帰る友

四世代八人原発避難せし友帰りゆく南相馬へ

漁師なりし夫は焼酎で生き生きと「なんせ帰れば船があっから」

友はみな津波に呑まれただ一人救われし老母《はは》も帰りゆくなり

「壁のように波寄せたり」と七年前を友は語りぬ両手かかげて

漁師なりし息子はスーパーに魚さばく職得て枚方に留まるという

淀川工業高校吹奏楽部にトランペット吹きいる孫は帰らぬという

小一で避難せし少女「望里《みさと》」なる名を持ちおれど帰らぬと決む

「福島へ来てね」と涙ぐむ友を強くハグせり紅梅のもと

*

大漁旗のような賀状が届きたり去年福島へ帰りし友の

Ⅳ

粘土のケーキ

乳癌の再発告げて娘は帰る自転車のライト見え隠れして

ハグすればよかったなあと悔やみつつ明日手術の娘を置きて来ぬ

いま手術終えたる吾娘は眠りいん水無月三十日真夜二十四時

入院の娘の誕生日をナースたち粘土のケーキで祝いくれたり

こんなはかない花が娘は好きだったかネモフィラの青ひとつ灯りぬ

中島みゆきの「時代」を問えば電話口で娘は終りまで歌いてくる

ロボット君

ＣＴの検査で偶然見つかりし息子の癌は「ステージⅠ」なり

最新の治療と聞けり「ダヴィンチ」なるロボット君が息子《こ》の手術する

秋雨のがんセンターの十二階大阪城の全景の見ゆ

どの樹よりもビルは高くて夕映えの樹には届かずビル輝けり

動かない夜の観覧車てっぺんのゴンドラに一人眠りてはいぬか

休日の官庁街を鳩一羽紅き脚高く緑道を行く

息子なれど独身の五十六歳は手際よく一人で片づけ終えぬ

甥からのミッフィのこけしをお守りに枕辺に置きて息子は横たわる

「帰っていいよ」言われたれども去りがたし病院のカフェで雨を見ている

いびき高く息子は眠りおり歌会終えタクシー飛ばししＩＣＵ室に

ハイビスカス、ブーゲンビリアの花咲けり沖縄大好きの息子の部屋に

炬燵を出しに

家中のあかり灯して孫を待つ炬燵を出しに来てくれる孫を

自転車で急な坂道こぎのぼり夕焼けの中をやってくる孫

霜の来ぬうちにと鉢を入れくるる孫を見て坐す米寿のわれは

蠟梅

遠き日の生徒が会いに来るという夕餉の蒟蒻小さくちぎる

生き難く生きているらん詩とピアノ上手でおしゃべり下手なあの子は

教え子に「山川ふう」なる少女ありきふうとけぶれる眉懐かしき

冬日照る朝のバスに急ぐなり四十年ぶりに教え子に会う

ああ蠟梅　香りにひかれ仰ぎおり知命越えたる教え子二人と

悼　浦上規一先生

大和川行基大橋わたりゆき君のいまさぬ天美へ向かう

二上を仰ぎてめぐる小さきバス終点の一つ手前で降りぬ

まんなかの「の」の字を取れとアドバイス初めて褒められき「夜明けワルシャワ」

時に厚き雲に覆われまた晴るる広き墓苑に君の納骨

先生を献身的に支えこしお手伝い恵ちゃんの喪服姿よ

恵ちゃんのお茶はほんとにおいしかった　亡き奥様の教え守りて

悼　笛方帆足正規氏

六月の夜更けの電話に友の声静かに「主人亡くなりました」

薪能篝火のもとの「杜若《かきつばた》」笛方帆足氏倒れたりしと

珊瑚樹の白き花咲く水無月の朔日君は逝きたまいたり

「ただ土に帰りたいと願い葬儀せず」生前書かれし挨拶とどく

母と妹を空襲で奪われ武庫川に配給の菰で荼毘に付しきと

ハーメルンの苑に正座し笛吹きし君にコインをドイツの人ら

夫も知らぬわが青春の混沌を受け止め時に揶揄したまいき

いささかも滞らず舞台は進みきとシテの君より夫人への文

博女ちゃん逝く

新春のレールまっすぐ光りおり逝きたる友に会わんと急ぐ

播州と備前の境長きながきトンネルはかの船坂山か

毬つきて日の暮るるまで遊びたり石州街道入日赤かりき

進学をあきらめ洋裁学びたり友は旧家の一人子なれば

「十二時間の労働に耐う」と詠みし友洋裁室を「平和《ミール》」と名付けて

「頭の中が雑炊になってしもうた」と認知症初期を友は嘆きぬ

まろらかな友の背なりきかっちりと髄しまりたる背骨を拾う

友病みて

山科に友を見舞いぬわが庭の紅梅持ちて桃の節句に

宇治川を渡れば春の曇り空今朝は愛宕も比叡も見えず

比良近き湖岸の友の手の甲は海棠の色に霜焼けており

食事二時間嚥下の苦しみ語る友の生きる決意に打たれておりぬ

「里の名物作ってみた」と鯖そうめん送りくれしよクール便にて

「清書する力がない」と聞きし歌友《とも》が原稿用紙を持ちて見舞いぬ

「どんな字？」「ひらがな？」「漢字？」など問いて二時間十首は成りぬ

しじみ蝶光るを追いて歩むなり山科東野片下リ町

〈平和の礎《いしじ》〉従兄弟の名前にふるさとの琵琶湖の水を注ぎき友は

歌会休む友の淋しさ思いつつ風強き坂をのぼりゆくなり

V

交野原

交野原行きて帰らぬ一筋の光る帯あり終電ならん

交野原いまだ芽吹かず三月の薄ら日のなか平らに暮るる

交野原西の端なるこの丘に十月《とつき》籠りぬコロナ怖れて

三十六歳スペイン風邪の祖父の死を伝説のごとく遠く聞きしが

三十六歳スペイン風邪にみまかりし祖父に会いたし今年は切に

整骨院へ

下京のお墓にまいり上京の整骨院へ弥生一日を

烏丸を西へ室町・衣の棚・新町越えて整骨院へ

わが歌を指折りて読む整骨士まず中指を折りて数うる

*

立春の「法橋光琳三百年碑」小さき石を掌に撫ず

機織りのかすかなる音聞こえくる上京室町晩夏を行けば

秋の朝作務衣《さむえ》の僧侶町角の地蔵にひょいと頭を下げて過ぐ

上御霊《かみごりょう》四脚門のたそがれを柊のはな銀に匂える

糺の森

泉川たぎち流るる音ひびき夕靄立てり糺の森に

草靡く瀬見の小川の川幅の細き流れに水澄みわたる

木漏れ日に瀬見の小川の水撒きて古書展示会始まらんとす

下鴨の森を過ぎれば少年の日の夫の学び舎　比叡かがやく

チェロ提げて階かけ上りし青年は初秋の朝に消えてゆきたり

下鴨の御寺の屋根の棟瓦ブルーシートのまま寒に入る

長谷別れ野村別れとバス停の名前かなしき八瀬大原路

白雪ばあさん

耐震工事

わが風呂はいま壊されているならん把手やさしき琺瑯の風呂

枕もとでガガッとモルタル砕く音聞きつつわれは昼寝しており

弁当を離れて一人で食べていた丸い眼鏡の青年ありき

名も聞かぬままに去りたる青年よ二時間かけて吉野から来し

夕影にひとり図面を見つめおりわれを「お母さん」と呼ぶ棟梁は

三畳ほどのスペースに当座のもの積みて食事も昼寝もこの狭きなか

お位牌も遺影もベッドに安置して居間は土まで剝き出しとなる

われ一人の老後のために九人のわれより若き人ら土掘る

ミキサー車帰りしあとの夕ぐれは材木触れ合う音のやさしき

いかばかり耐え難かりけんご近所はひねもす五台車止められ

工事終え深夜を吉野へ帰りゆく棟梁の尾灯角曲がりたり

子らの絵本みな捨てがたし秋の陽に開けば幼きささめき聞こゆ

三ヶ月の耐震工事に皿一枚割らざりしことをひそかに誇る

車椅子を使う日のため広げたる玄関扉は若草の色

グリーンの扉《と》、唐草の窓、玄関から白雪ばあさん杖突きて出づ

蘇える人形

土手のぼり淀川のかなた北摂の山並みの果てへ　人形取りに

イタリア製三重奏の人形のヴァイオリニストの砕けたる夏

ネットで知りし十三《じゅうそう》の工房訪ねたり「やってみます」と預かりくれき

粉々にこわれし人形弓構えすっくと立てり半年ぶりに

人形を幾重にも紙に包みくれぬ　帰り路の柚子冬の陽に耀《て》る

右手

手術せし心臓に近い左手をかばいてあなたはかしこい右手

消灯後の眠れぬ闇に繰り返す中原中也の「月夜の浜辺」

コロナゆえ会うこと得ねば窓越しに手を振りあえり自転車の娘《こ》と

深呼吸しつつ歩めば息が楽それでも時々石垣に倚る

香里団地保育所六十年後

青い帽子の子ら公園を駆けまわる久しぶりなり近寄りてゆく

「どこから」と問えば保姆さん朗らかに「香里団地保育所」と答えくれたり

六十年前のことなり亡き夫と友らと建てたるわれらの保育所

公立では日本最初の乳児保育所建てたり大きなおなか抱えて

「何歳」と問えば「ぞうぐみ」と答えたり六十年前とおなじ呼び方

青い帽子をしばらく見守り帰り来ぬ熱きもの満つ心と体に

揃いのマスク

コロナ禍の祇園祭のお囃子はそろいの浴衣に揃いのマスク

スーパーの大駐車場のかたわらに水無月の合歓の淡きくれない

恐竜のような名前のルドベキア夏を励ます小さき黄の花

食細くなりて残れるトーストを刻みて撒けばまず鵯が来る

足腰の痛みに耐えず横になる真夜起き出でて茶碗を洗う

秋日さす小川を覆う藻の上に使い捨てマスク二つ光れる

詐欺に遭う

キャッシュカードありと思いし封筒からトランプ三枚出でし驚き

疲れて寝し二時間の間に一年分の年金がっさり引き出されたり

朝床につらつら思う「歳の割にしっかりしてる」と言われし慢心

四姉妹

「軍国少女非戦の誓い」の碑の前にバス待ちおれば桜散りくる

もうあかん横になろうと思いしに草萌えを見れば草引きており

戦時中の勤労奉仕の名残なるか商家に生まれて土いじり好き

妹からの筍剝きつつ思いおり「筍生活」なる日々ありしこと

「敏捷に」が口癖なりしわが祖母よ老いゆくはいかに口惜しかりけん

潮岬の橋杭岩のごと並ぶ被せる前のわが下の歯は

わが家事はすべてリハビリ能率もできばえも問わず「転ばぬように」

耳も遠く足もよろめく九十歳目あり口あり腕《かいな》も動く

カート押し坂をのぼれば楠の葉を風の渡りて汗拭いゆく

九十歳のわれを頭に四姉妹もう十年生きてテレビに出ようよ

無事を祈る

朝あさに拾う凌霄花《のうぜん》戦乱のウクライナの野に咲きていし朱よ

「無事を祈る」と兵士の妻・母　八十年前この日本では言えざりしこと

毛布二枚あんかひとつに安寝《やすい》してああウクライナの電気なき冬

松の雌花

一段ずつ上りゆくわれ一段ずつ下る二歳の麦わら帽子

電車待つ男スマホを見つめつつマスクはずして汗をぬぐえり

先頭で待てば四月の風つれてコバルトブルーの電車入りくる

頂きしちりめんじゃこを白き飯に載せて遥けき友を思いぬ

青空に松の雌花の高く伸び今朝われ九十一になりたり

跋

香里団地、その一筋の光

黒瀬珂瀾

人生の大先輩たる橋本さんの歌に僕などが添えられる言があろうか、とは逡巡しつつ、それでも読者のために、いくつかの観点を提案できればと思う。まず言えるのは、橋本さんは、現前の景である〈いま〉から、はるかなる〈過去〉や〈時間〉を見渡す歌人であるということだ。

爆弾に破壊つくされしハノーファの駅前広場の夜のひかり乏し
市民らが土嚢築きて空爆より守りし絵に射すほのかな光
関東軍行軍をせし道の辺にコスモス植える果てしなきまで

本歌集は海外詠から幕を開けるが、その訪問地のどこもが戦争の記憶を宿している。一首目はアウシュヴィッツを訪ねた旅での歌。ドイツのハノーファは、第二次大戦で三分の二が灰燼に帰した。現在の街の夜の静けさを見つめ、その奥にかつての戦火を感じ取っている。二首目はミラノでダ・ヴィンチの壁画「最後の晩餐」の前に立った感慨。橋本さんは傑作から得た感動それだけではなく、壁画を戦火から守り抜いた人の思いにも心を寄せる。三首目も北京郊外の清々しい街道を歩みつつ、かつてそこを行軍した日本軍の幻に感応する。まさに橋本さんの海外詠は単に情景を描写しただけの作ではなく、人類の愚かさと悲劇を見渡し、現在の私たちのあり方を照らし出す歌なのだ。

命がけで車道化阻みし人を思う石ころ道のたむしばの花
京都部隊全滅のガマよりパパイヤは細く伸びたり光求めて
清水寺に核兵器禁止を呼びかける署名にじませ風花の散る
手の震え詫びつつ署名下されし一人《いちにん》の文字に込み上ぐるもの

それは海外詠以外でも同じだ。一首目、尾瀬高原を散策するうちに、その自然を死守した人々——主に平野長靖のことだろうか——への思いがこみ上げる。二首目、沖縄戦の跡地のガマを訪ねて死者を偲ぶとき、新しい光を求める命の力に共鳴する。三首目、社会活動に参加する間も、署名用紙をかすかに濡らす雪に時の移ろいを見る。四首目、震える手で必死に書かれた文字からは、平和への希求を受け止める。橋本さんは、歌を通して、物事の向こうを見ようとしている。

保育所に育ちし子らのふるさとの点景としてわれ老いゆかん
けやき通り緑の雫したたれるこのふるさとに君ははや無く
「どこから」と問えば保姆さん朗らかに「香里団地保育所」と答えくれたり
「何歳」と問えば「ぞうぐみ」と答えたり六十年前とおなじ呼び方

一九六〇年代の「香里団地保育所づくり運動」に、橋本さんは、国文学の大学教員だったご夫君四郎氏と共に参画された。団地の住人だった多田道太郎らを中心とした「香里ヶ丘文化会議」の影響から生じた社会活動の結実例として、全国的に注目された市民運動だ。橋本さんの歌の根底には、そうした〈市民〉の力への信頼がある。例えば、子どもたちを詠んだ数首からは、社会全体で子どもを慈しもうという姿勢が感じられる。一首目、自らが関わった保育所から、多くの子どもたちが巣立った。たとえ自分の営為は小さな点景に過ぎずとも、それが若き命に繋がっていったのだ、という自負。二首目は運動の先頭に立った諸田達男への挽歌。香里団地に命の緑をもたらした「君」を哀悼し、団地をふるさととして思う。その香里団地保育所が六十年を経て幼い命を育み続けていることへの喜びが、この歌集にはある。私立中学高校の教員として多くの年少者を見守ってきた、橋本さんらしい感覚だろう。

病む夫の夜通し取りし痰のティッシュ雪のごとくに朝は散らばう

その命絶えんとするにかたわらのわれの朝餉を問いし君はも

三十年前の夫への弔電を一枚ずつ燃す白菊のもと

「売り物には紅を差せよ」と諭したる祖母《おおはは》よわれは装わずなりき

その運動の同志である夫の姿。一首目、夫婦で助け合う苦しみの時にこそ、作者の強靭な感性は美を見出す。二首目、二十八年寄り添った夫の最期の言葉を思うと、一読者の僕も胸を突かれる。自身の命終の時にあって、夫は自分の食事を心配してくれた。その言葉をしっかり受け止め、歌に残す橋本さんの詩精神もまた愛情に他ならない。一方で四首目、祖母への思いも注目される。嫁に出る娘は「売り物」だから化粧をせよ、という言葉への鋭い反発。ここにフェミニズム的感覚や社会意識の芽生えがあったのだろう。ゆえに橋本さんは教育者、社会活動家として生きてきたし、そのポエジーの根底には、自立心と命への慈しみが感じられるのだ。

半壊の軒下に弁当とるわれに熱き茶すすむる君は被災者
夜の更けを高く鳴きいし秋の虫お前だったか小さきこおろぎ
大漁旗のような賀状が届きたり去年福島へ帰りし友の
遠き日の生徒が会いに来るという夕餉の蒟蒻小さくちぎる
九十歳のわれを頭に四姉妹もう十年生きてテレビに出ようよ

集中で鍾愛する歌を挙げた。一首目、阪神淡路大震災の歌。僕も経験したからよく解る。あの時こうして皆で扶け合ったのだ。二首目、高らかに声を発する虫。小さな存在が声を発し、大きなことを成し遂げる比喩にも思える、と言ったら過言だろうか。むろん、そう考えずとも愛らしい一首に変わりはない。三首目、東日本大震災後に福島に帰った人から届いた賀状。淡々と事柄のみを描いた歌だが、なにか人間の力への大きな肯定感が宿っている。四首目、懐かしい生徒が今も慕って訪ねて来る。蒟蒻を丹念にちぎる手つきに、長き時の流れを嚙みしめる思いがある。五首目、ここにはユーモラスで、かつ大らかな生命賛歌がある。こうした率直な抒情すべてが、橋本さんの世界なのだ。

交野原行きて帰らぬ一筋の光る帯あり終電ならん

万葉の歌枕の地でもある、広大なる交野原。そして、その一角に位置する香里団地。多くの人の営みが続き、その誰もが夜の光として時代を過ぎってゆく。その中の一筋である、橋本さんの生を詠みあげた本歌集を、僕はこの上なく貴重な一冊だと思う。

付記：橋本夫妻の保育園づくり運動の様子を知りたい人は、和田悠「ジェンダー視点から戦後保育所づくり運動史を問う」（『日本オーラル・ヒストリー研究』第7号、二〇一一年九月）をお読みになるといい。

あとがき

「交野原《かたのはら》」は大阪府の東北端にあります。東は生駒連峰、西は淀川に囲まれ、古くから「桜の名所」「七夕伝説」で知られた原です。私は、広島県上下町に生まれ、京都の大学に進み、就職し、結婚しました。保育所を作るため、この地に来て六十年になります。どの地も懐かしく愛着がありますが、一番長く住み、「香里団地保育所づくり」や「エントツ山九条の会」に関わり、多くのよき友を得たこの地の古名を歌集の題名にすることにしました。

私の生まれた一九三一年（昭和六年）は満州事変の始まった年です。太平洋戦争の終った一九四五年（昭和二〇年）、女学校二年生まで、私はずっと戦争の中で過ごしました。典型的な「軍国少女」でしたが、その裏側のもう一人の私は、人に言えない、自分でもつかみにくい苦しみを抱えていたように思います。戦争が終わった時、大きな解放感とともに「何故、間違えたのだろう」という問いが湧いてきました。「尊敬する高村光太郎や斎藤茂吉も間違えてしまった。どうしたら間違えずに生きて行けるだろう」と真剣に考えました。

その頃、鶴見俊輔さんの講演を聞きました。「長く停泊した船は鎖が錆び付いている。それは簡単に抜けるものではない。渾身の力で抜かなければならない」と。

私は渾身の力で抜こうとしました。その一つが「伝統的なものの否定」でした。その中に「五七五」のリズムも入っていました。それから長く短歌を白眼視していましたが、一九八五年、夫が食道がんにかかり、わずか四十日の闘病で亡くなりました。その「看病日誌」に短歌を書き添えていたことに気づき、われながらびっくりしました。

定年後の一九九二年、大阪朝日カルチャーで道浦母都子様のご指導を受けました。そのご縁で、一九九四年「未来」に入り、近藤芳美様、次いで大島史洋様の選を頂き、現在に到っています。一九九九年、「幻桃」に入り、松村あや様、浦上規一様のご指導を頂きました。

コロナの日々、家に籠っているうちに心臓と腰を悪くして、病院へ行くのもタクシーという日々ですが、郵便やパソコンでの歌会に生きる力をもらっています。

このコロナ禍の隙をつくように、「防衛力強化」が閣議決定されました。私一人の力で覆せるものではありませんが、「渾身の力」で抗おうと思います。

これまでご指導を頂いた皆様、「未来」「幻桃」の歌友の皆様、有難うございました。思いがけないご縁で跋文を頂き、歌に輝きを与えて下さった黒瀬珂瀾様、懇切にお世話下さった現代短歌社の真野少様、ほんとうに有難うございました。

二〇二三年二月

橋本俶子

橋本 俶子（はしもと・よしこ）

1931（昭和６）年　広島県上下町生まれ
1950（昭和25）年　京都女子大学国文科入学
1954（昭和29）年　京都女子中高教諭
1957（昭和32）年　橋本四郎と結婚。京都市南区吉祥院に住む
1961（昭和36）年　保育所設立運動に参加
1962（昭和37）年　枚方市香里ヶ丘に転居
　　　　　　　　　香里団地保育所乳児保育開所
1965（昭和40）年　共同学童保育開所（自宅を提供）
1985（昭和60）年　四郎逝去。享年58歳
1992（平成４）年　京都女子中高を定年退職
　　　　　　　　　朝日カルチャー大阪教室にて道浦母都子氏の指導を受ける
1994（平成６）年　「未来」入会（近藤芳美選歌欄）
1999（平成11）年　「幻桃」入会
2006（平成18）年　近藤芳美氏逝去（大島史洋選歌欄）
　　　　　　　　　「エントツ山九条の会」編集委員
2022（令和４）年　第10回「現代短歌社賞」候補作

歌集　交野原　かたのはら

二〇二三年三月七日　第一刷発行

著者　橋本俶子
発行人　真野　少
発行所　現代短歌社
〒六〇四-八二一二
京都市中京区六角町三五七-四
三本木書院内
電話　〇七五-二五六-八八七二

装訂　田宮俊和
印刷　創栄図書印刷
定価　二七五〇円(税込)

ISBN978-4-86534-418-9 C0092 ¥2500E